꽃은 바퀴다

실천시선
249

꽃은 바퀴다

박설희

실천문학사

차례

1부

2부

3부

제1부

먼나무

바로 코앞에 있는데 먼나무
뭔 나무야 물으면 먼나무

쓰다듬어 봐도 먼나무
끼리끼리 연리지를 이루면 더 먼나무

먼나무가 있는 뜰은 먼뜰
그 뜰을 흐르는 먼내

울울창창
무리 지어서 먼나무

창에 흐르는 빗물을 따라
내 속을 흘러만 가는

끝끝내
먼나무

접시

오늘은 경사진 하루였지 자꾸 미끄러지는데 거머쥘 것이 없었어 나뭇잎은 떨어지고 이마에 핏줄이 섰어 어쩌자고 새는 정수리에 앉아서 계속 쪼아대는 것인지 누군가에게 난 십 년째 실종 중이네

이 평발은 유전이네 태백산맥을 가로질러 숱한 마음을 밟고 꿈속을 걸어오는 동안 나는 기우뚱거렸지 그럴수록 뚜벅뚜벅, 땅에 기대고 살았던 조상들과 평생 공사판을 전전했던 아버지의 발자국 소리가 그러했을까 뚜벅뚜벅, 발을 땅에 밀착시키고 그 단단함과 하나가 되지

발에 새겨진 유전의 흔적은 쉽게 지치게 해 힘줄이 당기고 중심이 흔들리고…… 젖지 않으려 에돌아 간 모래언덕에선 발이 푹푹 빠지고, 난 결국 바닷가에 이르렀지 낙지 한 접시 시켜놓고 토막 난 다리와 몸통을 뒤적여 보는 중인데,

목포 앞바다, 그물에 매달려 올라오네, 낙지가, 수천 년 된 고색창연한 접시를, 제 몸집보다 훨씬 큰 접시의 문양을, 제 몸에 새길 듯이, 꽉 움켜쥐고, 올라오네, 의기양양하게 눈알을 굴리며 머리를 내두르며, 들어 올리네, 접시를, 켜켜이 내려앉은 시간을, 텔레비전을 지켜보는 몇 만 개의 눈동자를, 번쩍,

덩달아 나도 다리에 불끈 힘이 들어가 발을 쾅쾅 굴러 보았지 뼈를 타고 올라오는 단단한 반동이 기분 좋더군 이윽고 서류에 도장 찍듯 한 발 한 발 신중하게 걸음을 옮겼지 다시는 미끄러지지 않을 것처럼 땅의 흔적을 다 몸에 새길 것처럼

바나나 딜레마

투수의 글러브에서 공이 빠져 나온다
야구글러브를 보면 바나나가 생각난다
구부러진 손가락
누가 바나나에게 공을 던졌을까
직구를 받아내느라 바나나는 구부러졌을까

노란 껍질만 벗기면 바로 통째로 속살
껍질과 희고 부드러운 속살로
삶을 단순화시킨 것은 바나나의 전략

야구를 보며 바나나로 위장을 채운다
구부러진 장
구부러진 진화
가지런히 더 구부러져야 할까
더 맛있게 먹히기 위해

기꺼이 손은 글러브 속으로 들어가 속살이 된다

야구장엔 아홉 개의 바나나
유격수가 달린다, 바나나가 달린다

경기가 끝나자 까맣게 물러진 껍질
실패한 전략이 남았다
속도가 붙은 공을 순순히 받아들이려면
더 찰지게, 구부러져야 한다

완강한 텍스트

이사를 하려고 짐을 정리하다 보니 마루 밑에 자루, 그 속에 팔들이 가득, 손이 달린 팔들이 우르르 쏟아져 나와, 누군가 맡겨놨는데 언제 맡겼는지 내가 무슨 짓을 한 건지 무슨 짓을 했던 팔들인지, 이사를 해야 하는데 팔들이 한 자루

죽은 자와 마주쳐 간신히 벗어났다 싶으니 또 다른 주검과 마주치고 산 사람보다는 죽은 자와 더 많이 마주쳐, 이제 그만 죽은 자들은 신물이 난다고 체머리 흔드는데 흰 상여가 거리 저쪽에서 다가오고

생전 처음 보는 집을 내 집이라고 들어가 차 마시고 이야기 나누고 다시 나와 거닐다 보면 바닷가, 파도 넘실거리다가 기어코 해일이 덮치는 그 마을 수천 번도 넘게 해일이 덮쳤는데

어느 날 문득 낯선 들판에 홀로 서서는 이름도 기억도 잊

어버리고 기억이 없다는 것만 기억나, 드디어 다 벗어버렸다고 뿌듯해하다가 다음 순간 버스며 사람들 혼잡한 거리를 다시 헤매는

수없이 재생되는 친숙하게 낯선 거기,
매번 돌아오고야 기억나는 거기의 나는 누구인가
심연처럼 들여다보고 있는 눈, 을
빤히 마주 보고 있는 나는

백양나무

염소 한 마리, 두 마리, 세 마리,
흰 염소, 검은 염소,

염소를 길렀는데
순하고 힘센 염소를 길렀는데
발자국만 남기고 사라져버린 염소
어디로 갔는지
몇 마리를 잃은 건지

물새들이 지켜봤을까
일렁이는 옥수수밭,
옥수수 낱알 낱낱이 지켜봤을까
봤다고 일러줄까

애써 기른 게 구름이었나 바람이었나
제가 염소를 훔치기라도 한 양
애꿎은 개만 이리 뛰고 저리 뛰는데

한가로이 내려다보는
흰 구름 한 마리, 두 마리, 세 마리
나는 모르겠다, 뒷짐 진 검은 산

잃어버린 것들은 뿔이 되어
안으로 안으로 자라고
발치는 늘 압록강물에 젖어
이 자리를 떠나지 못하는데

방목의 세월
푸르게 기다려

한때 비

뿌리내린 곳에서 수백 년을 사는 나무
걸어 다니는 평생이라고
더 자유로운 것은 아니다
나뭇가지처럼 중력을 이길 수 있는 것도 아닌 걸

늘 휘도는 바람
덜컹거리는 유리창, 뒤틀린 문짝, 금 간 벽
한때 파도, 한때 나무, 한때 바위
그리고 모든 것이
한때 비

삶의 피로가 발기슭을 넘실거릴 때
뒤늦게 도착한 카페는 이미 문을 닫고
빗속을 사이렌 울리며 달려가는 불자동차
질주하는 헤드라이트 향해 다가서는 취객

무모함이 비겁을 들이받고

그 뒤를 추돌하는 회한, 그리고 다시 추돌
하루에도 몇 번씩 이어지는 마음의 로드킬

우린 매일 위급하지만

한때 비
표면을 적시고 스며들어
누군가의 빈 내장을 달려본 적이 있으므로
구름으로 흘러다닌 적이 있으므로

아낌없이
투.신.하.는.
지상의 나날

낯선 시간 속에서

눅눅한 침묵이 깔린다, 서투르게
집게발을 떼어내고 긴 문장 같은 배를 가른다
딱딱한 껍질 더미가 부풀어 오른다

끝없는 식탁처럼 자욱한 안개
거리엔 지워진 것과 남아 있는 것
이목구비가 잘라먹은 것들이
안개의 내장처럼 흩어져

헤드라이트의 멍한 눈빛 사이로 몰려왔다 몰려가는
도막도…끊…어…림자…들 서성…었…
더듬이 한 개가 가로수를 훑고 지나간다
뒷다리만 남은 고양이가 걸어간다
도입부가 반복되는 음악이 거리를 누빈다

부분집합들의 정류장
흐느낌 같이 왔다가 뒤돌아보면 흔적 없는 기척

목이 부러진 꽃송이들이 아무 줄기에나 기댄다
한때 강물이라 불렸던 물줄기가 서로 이어지려 애쓴다

보이지 않는 이정표가 공중에서 덜컹거린다
영통(靈通), 영이 통하는 곳
방향지시 화살을 매달고
영통은 어딘가로 깊이 숨어

꿈의 유효기간을 생각하며
영통으로 가는 버스를 기다린다
지워진 하체에서 가끔씩 발 끄는 소리 들리고
밤새
점멸등 불빛만 깜박깜박

습도 8%

이역의 바람이 분다
해마다 도지는 가려움증

보풀 이는 살갗 헤쳐 시뻘건 살 드러나거나
터져 나오는 재채기로 한껏 붉어지거나
아무도 궁금해하지 않는 오늘의 습도

꽃의 행방을 묻다가
습도 9%인 사막의 안부가 궁금해진다
잘 계신가,
전갈은 사막여우는 가시도마뱀은

꽃은 내 몸에 땅에 공중에 스며들어 있는데
스며든 꽃 때문에 아프다

바스락거리면서 사물들이 흩어지고
접점에선 작고 날카로운 불꽃들

끊임없이 타올랐다가 지고

발화하고서야 수정하는,
추신으로 이루어진 생
적막이 날개를 비비는 소리

태어나지 않은 것들을 기념하며
이슬을 모아서라도 꽃을 피워야 하는데

바람은 어디로 부는 걸까
독감보다 지독한 가려움증
끝내 가시지 않을 환한 통증 남겨두고

나야

무심코 집어 든 수화기에서 다짜고짜 들려오는
"나야"
알 듯 말 듯

순간, 수많은 '나'들이 솟아올라 회오리친다

어떤 중심에든 닿고 싶어서
흘러가고 흘러오고
부분 부분 지워진 입에선 소리가 줄줄 새

샘 마른 유방을 피워내며
트럼프 낱장처럼 얇은 발걸음
목소리는 자꾸 삐끗거리고

녹슨 삼지창, 무뎌진 부리, 짓무른 풀피리
잃어버린 주문의 기억들
얼굴과 이름 세세한 일상이 지워져

점점 그믐이 돼 가

한발 늦게 빈집에 배달된, 그게 나야
버려진 화분 속 곰팡이, 그게 나야
욕망과 허기로 포장된 우울, 그게 나야

아무리 규정해도 여전히 넘치는 나들

이윽고 수화기에 대고 말한다
"나야"

거리유세

울타리에 장미가 피어 있다
완고한 세상을 향해
피가 몰려 있다

사월엔 날마다 울어 부은 눈이었다
시시각각 뒤집히는 배를 바라보고만 있던 가슴이었다
오월 장미,
살아 있어 장미를 본다, 향기를 맡는다
얼굴로 몰렸던 피가 다시 전신으로 퍼진다

개화라 이르기엔 아직 겹겹의 꽃잎이 무겁다
꽃들의 충혈
누구도 책임질 수 없는 자리에 꽃은 피었다 지고

지지를 호소하는 소리들 무성한 거리에
열없는 박수와 환호
마지못해 내미는 손길, 슬며시 피해 가는 발걸음, 희번덕

이는 눈동자

살아내는 일, 눈알이 뜨겁다
어둠 속에서 꽃잎에 이슬이 몰리는 이유를 알 것 같다
한 발만 더 딛고 올라서면 울타리 밖
장미의 목구멍이 길어진다

붉은 신호등이 깜박인다
흑점처럼 박힌 사람의 그림자가 나타났다 사라진다
더욱 태양도, 충혈이다

물붓

새벽 강물을 찍어 글자를 쓴다
다소곳이 목과 등을 굽히고
자신이 감당할 수 있는 크기의 붓으로
보도블록 위에 그리는 물글자들
페트병을 거꾸로 치켜들고
긴 붓에 수혈하기도 한다

지나가던 사람이 들여다보고
훈수를 곁들이며 시연을 해 보인다
내가 써온 글자는 이런 거였어
당신의 획은 너무 굳어 있군, 유연성이 필요해
겸손히 고개를 주억거리며
심호흡을 한다, 붓을 고쳐 잡는다

지상에 머무는 시간은 잠시,
써 내려 가다 보면 점점이 증발하는 글자들
먼저 사라진 삐침, 점, 획

왕(王)이 흙(土)이 되고
큰 도(大道)가 시 한 수(一首)가 된다

생명이 다할 때까지 자신만의 필체를 얻기 위해
스스로 움직이는 붓들
물붓들

묵묵히 지켜보던 하늘에서
물글자들이 갑자기 쏟아져 내린다
지상의 글자들과 섞여 열하(熱河)로 흘러든다

이후

시멘트 블록의 벽면이 서서히 기울었다
마지막으로 슬레이트 지붕이 털썩 내려앉았다
사람들이 떠난 자리, 나무들이 모여 산다
리어카, 함지박, 깨진 항아리, 하늘에는 별자리
누군가는 어떻게든 가업을 잇기 마련

살은 내리고 뼈대만 남은 리어카를
참나무가 온몸을 들이밀어 꽉 껴안았다
공중으로 불끈 들어 올렸다
어린 오리나무는 가시철조망을 놓칠세라
꽉 다문 입이 철가시를 물고 붙어버렸다

쑥쑥 자라는 나무, 기억의 집
점점 높이 떠오르는 가계

공중을 들어 올린다
포탄이 떨어지고

홍수가 휩쓸어 가도
묵묵히 천문을 살펴가며

세상의 중심은 여기
그늘에 돋아난 무성한 입들을 위해

사는 동안

강원도 오지 기린면의 '사는동안 부동산'
집을 사는 동안
그 집에서 살아가는 동안
당신은 제 고객입니다

책을 사고 컴퓨터를 사고 여행을 사고
사고 사고 또 사는 동안
난 살아 있다

사는동안 애인
사는동안 죽음

그러나
부동산을 사는 동안
애인을 사는 동안
죽음을 사는 동안

빽빽이 자라는 꽃들의 불안
사지도 팔지도 못하는
당신의 얼룩지고 금 간 얼굴
메마른 강으로 남은 내 손

그럼에도 끝까지 달려가 보는
사는 동안

야생화 출사(出寫)

북사면의 계곡을 따라서 비탈을 오른다
돌 틈, 나무 밑동, 낙엽 아래, 안력을 돋우며
봄이 생산해낸 노다지를 찾는다
모데기마을에서 처음 발견된 희고 부드러운 다섯 개의
꽃잎을

땅바닥에 몸을 밀착시킨다
흔들리는 것이 자신인지 꽃인지
수면 아래 물고기를 어둠 속에서 낚아채듯이
호흡을 멈춘다, 셔터를 누른다
속눈썹 길이만 한 꽃술을, 꽃술의 그림자를 들여다본다
사물의 그림자를 보기 시작한 때가 언제인가

한 송이 야생화와 거기에 어린 빛을 잡아내겠다고
자그마한 것들에 온몸을 내던지기까지
지층을 뚫고 올라온 여린 줄기
한 잎의 우주를 불러세운다

나비보다 먼저, 나비 같은 날개를 달고
팔랑거리며 금세 날아오를 것 같은 것들을
수증기를 움켜쥐고 천상의 나팔을 부는 것들을

꽃에 무릎을 꿇는다
눈이 얼었다 녹은 물이 이끼를 키우고
그 이끼에 뿌리를 내린 모데미꽃
찬바람에 맞서 꽃을 피운 너도바람꽃, 꿩의바람꽃, 태백바람꽃, 들바람꽃
도르르 말린 채 드릴처럼 상수리 낙엽을 뚫은 얼레지 잎
저 잎은 제 부피를 키워 낙엽을 쪼갤 것이다

고양이처럼 포복하고 자벌레처럼 몸을 접었다 펴는 사이
까악거리며 까마귀가 순찰을 돌고
꽃술 그림자까지
나비 그림자까지

한 번의 이미지를 훔치는 것 외에 어떤 욕심도 없으므로
순결하다 믿으며

일생의 노역에서 벗어난
머리 희끗한 야생화들이 흙투성이 발로 비탈을 기어오르다

제 2 부

모심에 대해

바람 부는 쓸쓸한 밤, 신전에 모셔져 있는 부처와 예수를 생각한다 침묵과 경배가 더께로 쌓여 있는 어깨, 주름마다 골골이 내려앉은 시간의 부피에 대해, 너무나 확고한 포즈로 누군가의 손을 마주 잡은 적 없는 손, 땅을 디딘 적 없어 정결한 발바닥에 대해, 한 번도 바뀐 적 없는 표정에 대해, 자신이 한 말을 늘 반복해서 들어야 하는 지겨움에 대해,

진눈깨비 흩날리는 밤, 모셔져 한없이 굳어가는 것들을 생각한다 화분 속에서 더 이상 자라지 않고 말라만 가는 쪼글쪼글한 이파리에 대해, 갈수록 복고적인 미각에 대해, 빨간색과 아닌 색만 구별할 줄 아는 눈에 대해, 한 곳에 고정된 시선에 대해, 듣고 싶은 것만 골라 듣는 신통력에 대해, 끝없는 허기에 시달리는 지상의 나날에 대해,

어느덧 눈이 쌓여 순결해진 밤, 생각해본다 이 모든 것에도 불구하고 모심을 당하고 싶은 치졸함에 대해, 끝없이 모시고 싶은 미천함에 대해,

영(嶺)

순하고 느릿한 구름들이 내려와
양이 되고
양 떼를 몰고 가는 목동이 되고

치달아 오르던 바람이
수만 갈래
풀과 이파리로 번져나

발자국을 셀 수가 없다
거친 숨 골라
여기에서 거기로 이동한 것들의 흔적

에돌아가며 오르내리다
기어이 제 속을 들여다보게 하고 나서야
놓아주는 길

뒤돌아보면

안개가 그 길을 지우고 또 지우고

먼지들

공중부양의 경지에 이른 먼지들
이랑처럼 물결처럼

부스러지다가 바람에 불려가다가
나는 좌석에 가만히 내려앉는다
문상 가는 길,
누군가에 들러붙어 어디든 살짝 묻어가려는 것

차창에 머리카락 한 올이 끼어 있다
파르르 떨다가 끄덕끄덕
그림자까지 거느리고
차의 일부분이 된 양
천연덕스럽다

저 머리카락처럼
이 생에 나,
시치미 떼고

아무 데나 흘러들어 가
가벼운 척
아무것도 아닌 척
재채기로 풀풀 날리거나
피부에 오돌토돌 반점으로 돋아나
알레르기라고
과민반응 보이지 말라고……

장례식장 한 켠
무게 없이 앉아 있다가
눈에 띄지 않게 다시 묻어가려는데
툭툭 나를 떨어버리는 손길
공중에 떠버린 발걸음
휘청,

산책

오늘은 세찬 바람
들이 일어선다

빈들빈들
들과 뜰 사이에서 서성이며
메아리처럼 누군가의 쓸쓸함을 듣다가
발길은 자꾸 멈칫거리고

하지만 가장 잘하는 일
묵묵히 걸으며 견디는 일

늘 무엇엔가 기대온 등을
나무처럼 허공에 깊게 대이면
몸을 감싸 안으며 흐르는 공기

공중에서 이파리 문들이 나부낀다
열리고 닫히는 문들 사이에

팔딱이는 심장 둘
그리고 아직 태어나지 않은 채
조용히 기다리는 얇디얇은 숨결

뜰 위를 종종거리는
새의 깃털은
바람을 닮았지만
이곳에선 새들도 걷는 법을 배운다

아득히 오래전부터 이 강가에 있었다

오랜 옛 이름으로 누군가 나를 불렀다
처음 듣는 그것이 내 이름인 줄 알았다
정강이 드러낸 채 첨벙첨벙
강의 이쪽과 저쪽을 하루에도 몇 번씩 오가던 시간
웅녀가 마늘을 먹기 이전부터
첫 꿈을 꾸기 이전부터

추운 동굴에서 짐승의 생살을 뜯어 건네던 손
강을 거슬러 오르는 물고기를 찍어 누르던 힘줄
죽음이 결부돼 있던 때문일까
매번 아픈 이별로 끝났던 사랑
내생을 기약하며 숨을 놓던 순간들
아득히 오래전부터 이 강가에 있었다

수심에 잠긴 검은 돌 위에 앉아
폭우와 홍수를 맞았다
백두산 천지에서 텀벙거리던

흰 구름이 떠내려온 적도 있으나
걸쭉한 시궁창 냄새가 났다
아무도 그것을 구름이라고 부르지 않았다

노루 같은 등을 향해 총탄이 박히고
이국의 유람선이 그 피를 흩뜨리며 항해했다
카메라 플래시와 노래와 웃음이 팡팡 터지는
국경선, 물인 채로 바람인 채로
여전히 기다리는 습성만 남아

두만강 푸른 물은 더 이상 없다
흙탕물 같은 기다림만 있을 뿐

물고기의 날

만장(挽章)이 지느러미처럼 너울거리고
젖은 눈들이 광장을 그득 메운 날

텔레비전을 들여다보고 있을 뿐인데
아무 느낌 없이 흘려보낸 터무니없는 죽음들
눈앞을 후려치고

핏줄 터지도록
불꽃이 온몸 가득 켜질 때
맨홀 같은 가슴 속으로 쏟아져 들어오는
마른 물줄기

물고기의 날이라 부르자
거대한 화덕이군 부르르 진저리치다가
뻐끔뻐끔 소리 새 나오지 않는 시간을

제 속의 가시에 찔리며

내 탓이 아니야 파닥이다가
구워져 누린내 폴폴 풍기다가
새까맣게
거짓말 같은 문장이 피어오르고

모양만 남은 콧구멍 벌렁거리며
바삭거리는 입 벌리며
짙은 어둠 속
처박히는 때에도
부르자, 물고기의 날

유산(遺産)

시멘트를 껴안고 몇 백 년 가는 나무처럼
웅크린 다리를 양팔로 껴안고 수십 년은 거뜬한
쪼그리고 앉은 사람

추위가 닥치기 전
이동해야 할 궁리를 다 해본다
지금은 신혈거시대(新穴居時代)

쪼그리고 앉는 것은
선사시대부터 내려온 유산

모태에서부터
언제든 이동할 자세가 돼 있는
집 없는 사람
덩달아 쪼그리고 앉은 살림살이들

그늘이 워낙 깊어

온통 환해 보이는 바깥
거느리고 있는 것은
그늘 속 그늘
컴컴한 짐승처럼

파이고 쓸려 가파른
한낮의 체위

충혈

거센 바람에 떠밀려 가다 보았다
공중에 멈춘
갈매기 한 마리

날개를 힘껏 쫙 펴고
필사적으로 견딘다
깃털마다 부풀리는 바람

침묵으로 저항하는
몸뚱이가 부들부들 떨린다
떠밀리면 모든 게 끝이라는 듯
충혈된 몸

저 멀리 궁평항 방파제에는
새우깡을 낚아채는 부리들의 묘기로
함성과 웃음이 폭죽처럼 터지는데

날개를 꺾을 듯 몰아치는 바람 속
공중에 닻을 내려
버틴다,
세상의 바람은 다 와보라는

그 시선이 뚫어지게 닿은 곳
출렁이며 꿈쩍 않는 바다
잔비늘 낱낱이 온통 불타오르는 바다

다리들

전철을 타고 다리를 건너는데 한없이 늘어난 성기를 가진 옛이야기 속의 남자가 떠오른다 성기를 둘둘 감아 등에 지고 다니다가 강을 만나면 그걸로 다리를 놓아 건넜단다 누군가 담뱃불을 그 위에서 비벼 끄는 바람에 거무스레한 흉터가 남았다는

이것은 엉뚱하고도 유쾌한 이야기, 물컹거리는 살 냄새가 산이며 들이며 퐁퐁 솟던 시절 베개가 되고 무기가 되고 때로는 식량이 되었을 성기

늘어난 목, 혈관, 심장, 도시가 온통 확장된 몸만 같은데 내가 통과하는 지점은 어디쯤인지 이번 역은 노량진, 용산, 서울역이라고 일러줘도 알 수 없긴 마찬가지 흉터 투성이어도 꿈쩍 않는 다리는 다리를 낳으며 줄곧 어디론가 건너가고

지금 다리 위에서 뛰어내리겠다는 모녀가 있다고 한다

벼랑의 삶을 마감하겠다고, 이 흐름을 끊고 강물 속으로 합류하겠다고…… 어떤 방식으로든 가로지르고 싶은 걸까, 시간의 물살을

성기를 감춘 아비와 어미들이 꼬리를 물며 사라졌다 지친 침묵으로 되돌아오는 전철은 지하세계로 들어서고 문이 열릴 때마다 왈칵 쏟아져서는 계단을 오르는 다리다리 다리 몸으로 다리를 놓아가며 바야흐로 다리는 진화 중

꼬리는 꼬리를

야적장 한가운데에서 흰 개가 꼬리를 흔들고 있다
주인이 오랜만에 돌아왔는지
몸의 절반이 꼬리다

입 밖으로 비어져 나와 부드럽게 요동치는 혓바닥보다
도
복슬복슬한 꼬리가 맛나게

아무도 해친 적 없는
꼬리는 꼬리를 이어서 부르고
종일 장부를 들여다보느라 경직된 내 앞에서
기교도 거리낌도 없이

이 순간 꼬리란 꼬리는 무조건 좋다
내장 깊숙이에서 뻗어 나와
탐스럽게 살랑거리는 꽃
가던 길을 잊은 채

존재의 빗장을 열고 눈부시게 피어나는
순수한 집중을 본다

입에서 단내가 훅훅 뿜어져 나오며
자발적으로 몸의 절반을, 절반이
흔들고, 흔들리고
눈망울에서 털끝까지 푸릇푸릇

일찍이 내 호흡의 근원이었던 꼬리
장난처럼
허공을 휘돌리고 있다

겨울산에 들다

발부리에 채인 눈송이
충실하게 비탈을 굴러 내려간다
그것만이 최선이라는 듯 눈송이들을 끌어모으며

표면이 내면이 되는 끝없는 반복
아니, 끝없는 표면이 전부라는

입을 다문 부피가 되고
팽창하는 무게가 되어
아래로 뻗어가는 긴 발자국
통통 튀며 점점 빠르게

대지의 소리 없는 음들이 튀어 오른다
몸짓이 몸짓을 부른다
흰 골짜기엔 날씬한 나무들

잊고 있었다는 듯 나무들이 뛰기 시작한다

중력을 이기려고
공중의 먼 길을 가려고
사슴처럼 온 산을 뛰어다니는 나무들

설악산 오대산 가리왕산……
산들이 끝없이 달려가고

허옇게 성에 낀 모자와 목도리
나는 참나무 박달나무처럼 발을 깊게 묻고
여기, 최초의 사람
지금, 최후의 사람

이 자리에서 이대로 수백 년 거뜬히 달릴 것 같은

유사시

오가다 기름을 넣곤 하던 주유소에
노란 줄이 둘러쳐져 있다
유사석유의 가스 누출로 주유소가 폭발했다고

유사석유, 유사지폐, 유사감정, 유사행동, 유사시(詩)
끊임없이 제조되어 비밀 투입구로 흘러드는
그 힘으로 냅다 달려보다가

진짜보다 더 진짜 같은
지폐로, 드라이브하며, 사랑의 시를 읊어주면
진짜보다 더 진짜 같은
애인이, 히히 웃으며, 사랑한다고, 응답할까

유사일수록 휘발력과 폭발력이 월등하다는데

진짜보다 더 진짜 같은
사랑을 하다가

순간 폭발이 일어나
진짜보다 더 진짜 같은
애인들이 기화해 버린다면

진짜가 되는 거겠지
사랑의 순교자가 되는 거겠지

인영에게

천안(天安)에서
수없이 꽃의 목을 쳤소
인터넷도 와이파이도 터지지 않는
침묵의 뜰에서

숨겨둔 각시라도 있는 거 아니냐고 당신은 말했지만

나는 뒤늦은 농군
어제는 당나귀처럼 일했고, 오늘은 멧돼지처럼 맹렬했소
내일은 올빼미가 되어 어둠을 꿰뚫어 볼게요
이곳이 아니라면, 땅속에서 여물어가는 희고 느린 방들이 아니라면
뼛속 깊이 새겨진 분노와 고통을 안고 유령처럼 떠돌겠지

당신의 통속적인 궁금증엔 아랑곳없이
내가 가진 것은 덩이줄기들, 무성생식의 나날

순결한 눈들이 어둠 속에서 발아하는 동안
여태껏 만난 모든 이의 뒷모습을 완성하고 있소
결코 자신의 것이 될 수 없는 뒤통수와
한쪽으로 기울거나 뒤틀어져
조금씩은 뒤뚱거렸던 그들의 발걸음을
지상에선 발간되지 않을 무형의 책이라오

바깥엔 태풍이 몰고 온 비가 내리고 있소
지금까지 떠나보낸 것들이 한꺼번에 들이닥치는 시간
당신 있는 곳에도 풍우가 몰려가겠지
안팎으로 대비 잘하기 바라오

11월

귀가 시리니
떨어지는 잎새에도 눈이 시리다
딱딱하고 서툰 몸짓과 언어
늘, 너무 이르거나 늦다

발효의 시간을 견디는 김칫독, 포도들이 부풀어 오르는
유리병
밀봉된 것들 사이에서 분석심리학을 읽고 있지만
내 어둠은 동지보다 짙고 두텁다

아무도 오지 않아서
더욱 사람들로 붐비는 집안
봉한 채 부치지 않은 편지와
서랍 속 먼지 엉킨 머리카락

분석되는 것은 아무것도 없다고 중얼거리며 내다본
부연 창밖, 11월의 나무는

먼 여행을 떠나는 수도자를 닮았다
모든 것이 겹으로 보이는 내 나이를 닮았다

지금은 안으로 뜨거워질 때
어디라도 향하지만
어느 곳도 향하지 않는다

우천시 누항사

내 말 좀 들어볼래유? 얼마 전 작은 엄니가 심각한 표정으로 사촌의 민방위 교육 통지서를 들고 와서는 *우천시가 어디에 있는 도시여? 부천시도 아니고 우천시 종합운동장으로 오라는디, 어떻게 찾아간다냐? 당최 알 수가 없어야*

때마침 비가 내려 고속버스가 통과하는 곳마다 우천시입니다 문득 광수 씨의 휴대폰 벨이 울립니다 여보세요, 섬이라고? 뭘 하고 있는데? 보길도와 윤선도에 대해 공부하고 있다고? 알았어 잘 다녀와 통화를 끝낸 광수 씨가 뜬금없이 묻습니다 보길도는 알겠는데 윤선도는 어디에 있는 섬 이름인가유?

윤선도는 조선 시대에 하나의 섬으로 떠돌다 갔으나 지금 어디에 있는지 나도 모르는 일 다만, 광수 씨 입안에서 보길도도 젖고 윤선도도 젖고 있다는 사실 외엔…… 윤선도가 푸득거리는 시간이라는 놈을 낚아챘는지 그 선홍색 아가미를 들춰 보았는지 궁금한데, 다시 한 웅큼의 말이 비

늘처럼 쏟아집니다 요새 입에서 누항사라는 단어가 계속 맴도는데, 누항사라는 절에 가 본 적 있남유?

누항에 비 내리고 누항사도 젖습니다 가난한 선비가 소를 빌리러 갔다가 빈 손으로 돌아오는 내용을 담은 박인로의 가사 제목이라고 대답한다면 참 갑갑한 사람이겠지요 그 선비는 끝내 소를 빌리지 못했지만 중생이 사는 곳인 누항이야말로 절이 있어야 할 곳이라 역시 광수 씨라고 감탄할 뿐입니다

내 안의 소는 목이 마른지 연신 혀를 내두릅니다 풀리지 않는 갈증입니다 저 멀리 입장휴게소 입간판이 보입니다 광수 씨의 말을 흉내 내어 내가 묻습니다 그럼 저 입장은 무슨 입장이래요? 그가 점잖게 응수합니다 입장 곤란하니 물어보지 마세유

카멜레온의 죽음

아스팔트 위에서 자동차에 치였다
시커먼 아스팔트빛 떨림이 멈추자
선명해진 노란색

저 화사한 빛깔 감추려고
덤불숲에선 이파리
알을 낳을 때는 모래알갱이
계절 없이 피고 지던 색들

아직 피워보지 못한
바다와 하늘, 눈과 바람……
자신을 스쳐 간 빛이 명멸하는 듯
미처 다 감지 못한 눈꺼풀이 파르르 떨린다

고요해진 색에
햇빛이 자글거린다

제3부

모래성

모래성을 쌓자
성이라는 말이 무색하게
한 방의 파도로 모든 게 허물어져도

모래얼굴을 만들자
그가 들여다볼 모래꽃
노래 부를 악보까지
눈코입 지워져도 그뿐
물에 젖은 적막만 남는

무너뜨리는 자도
쌓는 자도

놀이니까
죽을 때까지 하는 놀이니까

배꼽 이야기

내 태생의 비밀은
아홉 겹의 동심원으로 이루어진 배꼽
모태로부터 분리되며 난 흉터가 아홉이라
배꼽이 배꼽을 물고 있는
그것은 겹겹으로 감긴 눈

첫 배꼽은 천둥과 우박이 마련한 한 줄기 긴 숨이었을까
깃털로 덮인 열정이었을까

안에서 두 번째에 있는 배꼽은
시를 썼다는 죄로 소박맞은 여자
몸에 시를 두르고 바다에 뛰어든 여자*

목숨의 진액을 빨아들이며 시는 수의가 되고
천지를 관으로 삼아 떠돌다가
얼룩을 해독하려는 이에게
암묵의 언어를 비로소 열어 보이는

한 번은 오랜 우화 속 물고기
달을 닮은 알들을 낳다가
햇빛도 달빛도 숨을 죽인 깊고 푸른 공간 유영하다가
내가 거둔 것들은 딱딱하고 두꺼운 껍질 속에
연한 속살을 감추고

물의 산맥과 이랑을 타 넘으며
최초의 기억을 더듬다가
형태 없는 부드러움으로 풀어져

고요히 출렁였겠다
커다란 배 몇 척쯤, 거뜬히 띄울 수 있는
단단한 수평선

---

* 이옥봉의 삶에서 차용

태양섬유 완성반 검사

평생을 바늘로 기워온 그녀
손에 잡히는 것을 습관적으로 깁는다
내 가슴은 꿰맨 자국투성이
물길을 찾지 못한 채 금세 시들어 버린다

그녀가 손에 핑킹가위를 집어 든다
지그재그로 이어지는 단면들의 연속
풀어지거나 해어진 실밥을 정리하는
견고한 장식성
씨실과 날실의 교차점에서
아이들이 맺히고

레이스 장식에 단추들이 정렬해 있다
나는 가슴이 답답해진다
아가, 체했냐 엄지손가락 따주랴?
손끝이 아니라 가슴이에요
가슴이 아니라 머리에요

늘어진 시접을 정리한 후
이리저리 훑어본다 설레설레 머리를 흔든다
꾹꾹 힘을 주어 다리미질을 한다
이 주름은 왜 이리 안 펴져?
그녀는 더욱더 힘을 준다
열판이 지나가는 대로 눌린 내가 조용하다

옷은 반듯해야지
그녀는 나를 옷걸이에 걸어 장롱 속에 보관한다
장롱 안이 빽빽하다

구두

언제부턴가 구두 속에 담긴 발이 근질거리기 시작했다
축축하게 젖고 껍질이 들뜨더니
발꿈치가 갈라지면서 흰 뿌리들이 뻗어 나왔다
뿌리들은 뒤엉키며 몇 바퀴고 구두 속을 휘돌았다
그를 담은 구두, 화분

허공에 목을 잠근 채
골목과 광장과 눈 어두운 길을……
몸속에서 길들은 가지처럼 뻗어 나갔다

흔들리는 수많은 가슴
저희끼리 부딪치며 내는 메마른 소리
덜 여문 씨앗 같은 자식들
풍문으로만 전해올 뿐
가끔씩 몸을 흔들어 꽃가루를 털어냈다
더 깊게 뿌리 내리려는

그를 달고
구름 한 마리 가끔씩 멀리 내달렸는데

오늘, 현관에 빈 화분이 덩그러니 놓여 있다
먼지가 내려앉고 약간의 흙이 묻어 있다
그를 비워내고
헐거운 표정을 한 채

약수(弱水)*

오래전부터 당신은 건너오는 중이네
검게 뭉친 머리카락 가지런히 쓸어내리며
늘 출렁거려보지만

감당할 수 없는 당신의 무게
내 속의 수많은 이슬방울과 깃털들,
더듬이와 먼지도 당신의 것

수천수만의 당신이 내게 다가와
수천수만의 내가 마중을 가도, 고작
바닥을 내어주는 일
당신의 그림자로 그 바닥 차곡차곡 채우는 일

동으로 서로 북으로 남으로
당신은 여전히 건너오는 중이지만
당신으로 가득 채워져도
함께 출렁거리지도 흐르지도 못해

고요한 눈 하나 가만히 떠보다가
푸른 이끼 낀 얼굴 들여다보다가

먹구름 같은 머리카락 쓸어내리네
빗방울로 쏟아져 내리네
층층이 쌓인 당신을 스치네

---

* 부력이 없어 먼지조차 띄우지 못한다는 중국 설화의 물.

건배

흙먼지 깊게 쌓인 길을
전진 또 전진
너무 가벼워 폴폴 날리는 곱고 보드라운 길
비가 오면 바퀴와 몸통을 삼켜버리는 길

우리는 건배를 했지
전진 또 전진
이백 년 전 시간을 찾아 넘어가는 청석령 고개
앞만 보고 시선을 돌리지 않기로 한 기약들

길가의 흰 꽃 한 송이 깊게 눈 맞춘 것뿐인데
들꽃을 좋아한 누군가를 잠시 생각했던 것뿐인데
귓가에 풀벌레 울음,
하늘에는 덩그러니 초승달
헐떡이는 조그만 짐승처럼

길을 찾으면 다시 건배를 하리

밤길을 가는 이의 발끝이 날렵하기를
그의 눈이 밝고
가방엔 양식이 있기를

수천 년 먼짓길을 굴러내린다
믿는 것은 지나온 길
몸에 각인된 길을 다시 펼쳐본다

길은 끝없고
저 초승달도 다시 시작이다

꽃

꽃에 얼굴을 갖다 대지 마라
숨을 들이마시지 마라

꽃은 바퀴다
지상에 뿌리를 내린 식물이 고안해낸 것
그 바퀴로 씨를 퍼뜨리고
그 바퀴로 사람들의 내면을 탐사한다

얼굴을 갖다 댄 순간
속수무책
깊숙한 곳에 다다르는 꽃

아무도 침범할 수 없는
깊고 푸른 그늘을 자유로이
천지, 사슴, 달빛 넘실넘실

꽃향기에 취한

오늘 망초꽃이 개척한 식민지

꽃의 탐사는 집요한 것이어서
늘 새롭게
기꺼이 정복당한다

중독성 취기,
신의 사자여,

졸업식

열을 지어
의자에 앉아 있는
뒤통수들

이렇게 많은 뒤통수를 본 적이 있다
수만의 녹색 뒤통수들이
해바라기들이
한 방향을 향하고 있었다

공중에 해가 덩그러니 떠 있었다
비둘기 떼가 오르내리고 바람이 대궁을 흔들어도
고집스럽게
해바라기가 바라보고 있는 것,
해의 뒤통수가 아닐까
섬뜩해하며
수만의 뒤통수를 바라보고 있는
내 뒤통수를

누군가 보고 있을 테지만

비스듬한 각도로 젖고
비슷한 포즈로 뿌리내리는 해바라기 공원
빛나는 졸업장을 품에 안고서
뒤통수들이 떼 지어 몰려나간다

까만 씨앗 맺으러
뒤통수를 베고 누울 때까지

오래된 웃음

요즘 남극 기지의 연구원들은
십자군 전쟁 때 내린 눈을 식수로 쓰고 있다지
나는 오백년 전 별빛의 복사된 빛을 보고 있다 너는

별일까 인공위성일까
별은 오랜 시간을 감아들이고 내뿜는 것
그러므로 지금 내 눈앞에서 반짝이며 이동하는 것,
시속 삼백 킬로 오백 킬로
속도를 들키는 것은 별일 수 없다 나를

담금질하는 것은 묵은 바람
색 바랜 깃발, 때 지난 노래
스쳐 지나갈 것들을 추억하며
간간이 지루한 이별을 한다 내가

드러누우면 함께 드러눕는 많은 다리들
부서진 잔등들 디디며

꿈을 좇아 흘러다니다 보면
끝없이 재생되는 모노드라마처럼 태양이 등장한다
잊지 않고 허기가 등짝을 몰아대는 이곳은

천장 낮은 난민들의 임시숙소
수많은 지문을 가진 손잡이와 나누는
차가운 악수, 나는
빈방의 뿌연 거울 속
한 방울의 오래된 웃음

다시 산성마을에서

깃발처럼 꽃들은 나부끼는데
먼 길을 에돌아 오는 듯
딸랑딸랑 방울 소리만 바람결에 실려 오고

이곳에 비는 가장 먼저 흩뿌리고 눈발은 늦게까지 휘날렸지요
오래전 이 땅에서 누군가 머리를 조아렸지요
그걸 치욕이라 불렀지요
어둠이라 불렀지요

가위 같은 두 개의 다리가 줄곧 잘라낸 것은 무엇이었는지
질질 끌면서도 멈추지 않은 발자국
먼지는 구름 같이 피어올랐지요
멀리서 폭죽소리도 들렸지요
연인들은 잡은 손을 오래 풀지 않고
그 더운 가슴을 바람이 훑고 지나갔어요

꽃을 많이 피워내느라 산은 현기증을 앓았겠지요
얼굴을 스치며 꽃들은 겁 없이 뛰어내렸어요
발밑은 온통 연분홍빛, 치욕을 모르는 꽃들 짓이겨져
환한 어둠으로 돌아가는 동안
발이 자꾸 헛놓였어요

숱한 성벽들이 술렁였지만
성벽보다 오래 꿋꿋이 제 자리를 지키는
꽃과 나무들, 장한 산성마을의 주민들
어둠의 힘으로 다시 환해질 테지요

그때 방울 소리 울리며 당신, 오실 건가요?

마개

돼지 저금통의 동그란 고무마개가 뱃속으로 밀려 들어갔다 그것을 찾느라 손가락으로 구멍 속을 휘젓는다 어쩔 수 없다는 듯 동전이 샌다 힘닿는 데까지 굴러간다

집 안엔 엎질러지는 것투성이다 어제는 화분이 넘어져 거실에 흙이 쏟아지더니 오늘은 간장병이 쓰러졌다 싱크대를 따라 흐르던 액체가 바닥으로 뚝뚝 떨어진다 골진 곳을 찾아 거무스레한 자국을 남긴다

사방에 흘린 자국들뿐, 약간의 충격으로도 나는 무게중심을 잃고 만다 내용물이 쏟아져 나올 때마다 헐거워진다 흔적들을 감추면서 주위를 두리번거린다 어서 마개를 찾아야 할 텐데…… 내 속을 뒤진다 틈마다 머리를, 몸통을 들이민다 온통 끈끈하고 얼룩진 내가 다가가자 줄줄 새던 그가 문득,

고요해진다 그는 나로 인해 봉인이 돼 버렸다 안전하다

물끄러미 바라본다, 늘 그래 왔다는 듯 단정하게, 여전히
마개를 찾으며 울컥 솟구쳐 오르는 나를

하늘 아래 첫 우체통

중청대피소에서 만났다
배포가 무척 커 보이는
하늘 아래 첫 우체통

주변엔
바람에 나부끼는 나뭇잎 편지
그저 무심한 듯 흘러다니는 안개 편지

내가 세상에서 받아본 편지들은
뭉개져 알아볼 수 없는 부분들이 많았다
바람과 구름의 흔적을 담은
그 편지들도 하늘 아래 첫 우체통을 거쳐왔을까

미처 묻지 못한 안부를 이곳에서 묻는다
눈으로 바다를 들이켜는
사막의 발자국에 함지박을 씌우는
골 깊은 밤 등불 밝히고 모국어로 신열을 앓는 당신에게

행간에
비 오고
꽃이 피고
새가 우는 편지

달무리 진 밤 탐스러운 눈발 휘날린다면
오래전 이곳에서 당신을 기억했던 누군가를,
그에게 보내는 별 같은 답장을,

만개한 유모차

마을회관 앞마당
신발보다 더 신발짝같이
할머니들이 벗어놓았다

쓸쓸한 직립을 기대고
일상의 무게를 덜어온 유모차
바퀴가 제멋대로 뒤틀려 있다
자그만 돌부리에도 삐걱삐걱 중심을 가눈다

떠난 것들의 흔적 가득한
텅 빈 둥지
바람이 뒤흔들다 간
낡고 바랜 의자에
햇볕이 늘어지게 쉬고 있다

지상엔 도닥도닥 잠재울 것투성이
끝없이 솟아나는 걱정거리

눈뜨기 전부터 달려드는 불안을
다 흩뜨려두고

연신 까르르 터져 나오는 웃음
불그레한 노을 번진다
다들 모이니
올 한해도 그럭저럭 지낼 만한 것 같다고

만년리(萬年里)에서 온 감

바람 아래 해변 부근에 있는
만년리에선 실타래 같은 길들이 풀려나오고
씨앗과 실팍한 가슴과 핏빛 노을
온갖 것이 배달돼 와

발자국들이 서리 덮여 떨고 있는 밤이나
우리의 이해관계에 따라 눈을 떴다 감았다 할 동안에도
만년리에선 여전히 생명의 물레가 돌아가고
밥 푸는 주걱과 차진 손들이 분주해

만년리의 음악은 핏줄에서 핏줄로
유년의 시냇물로 성년의 강으로 바다로
심장에 뛰놀고 뼈마디에 스며
나, 그 음조를 벗어난 적 없는데

한 솥의 국수를 쏟아내고 있는
오래된 아궁이 앞

나비처럼 팔랑팔랑, 진행방향이 예측되지 않는
내 궤적을 헤아리고 있을
우묵한 눈동자

입 안 가득
달큰한 살 냄새 차오르고
오래 영근 붉은 얼굴 하나 떠오르고

오후 네 시

뒷다리를 끌며 걷던 흰 개가
웅크리고 앉아
아픈 제 발을 오래 핥고 간다

그것을 지켜보는
어린 물푸레나무도
날렵한 곤줄박이도

곰곰 생각하는 길

흔들리는 이파리
뾰족한 발끝

갸우뚱한 해가 매달아준 긴 그림자 끌고

어
디
로

제 4 부

그만두다

나무들도 가슴을 칠까, 숨쉬기가 팍팍하다고 땅이 무너져 내리는 절망감에 부르르 떨까, 수십 년 살 섞은 흙과 함께 동여져 밤길 실려 갈 때 속도가 일으킨 바람과 사납게 자신을 흔들고 간 바람을 구별할까, 흙 그러모아 몸을 세우려 애쓰다가 아스팔트에 막혀 뿌리를 더듬거리며 사방이 벽이라고 탄식할까, 이 꼴 저 꼴 다 보기 싫어 칵 죽어버렸으면 좋겠다고 가지를 푹 늘어뜨릴까, 잎을 틔워내는 것도 꽃 피우는 것도 그만두고 열매 맺는 것은 더욱 그만두고 눈 감고 입 틀어막아 이번 생은 글렀다고 다음번엔,이라고 다짐하며 스스로를 봉인할까, 품고 살던 생명들 다 그만두고

구로애경역사를 지나며

아버지의 자랑은 영동대교
마지막 작품은 구로애경역사
"내가 그것들을 지었다"고 말할 때
그의 얼굴은 빛났다

다리와 역사와 빌딩들은 자라
열 살, 스무 살, 서른 살
할 일은 끝났다고
이제 그만 집에서 쉬라고
등짐 지고 오르내린 시간이 얼마인데
내일부터 나오지 말라 했다고 담담히 전할 때

몸은 수척했다
숨어 있던 이목구비가 드러났다

평생 받아본 적 없는 긴 휴가
도토리를 줍는다, 꽃을 꺾는다,

아버지는 분주했다 소년처럼
점점 작아져 갔다
그리고 돌아갔다

오늘도
63빌딩, 올림픽대로가 자랑인
박 씨 김 씨 이 씨로 불리는 이들
불콰한 한 잔에 허물어지듯 몸을 부리는

구로애경역사를 지나며
당신이 할 일은 끝났다는 환청을 듣는다
아버지의 마지막 작품을 되돌아본다

탑동의 황혼

주먹 불끈 쥐고 엎치락뒤치락
가장 낮은 자세로 뒹군다
두 손 모으고 탑돌이 하던 동네
바닥과 바닥이 마주하던 그 손으로

눈 내리면 바퀴가 먼저 알아보는 경사진 길
소리만 요란하게 헛바퀴 돌듯이
타는 냄새 모락모락

할머니들을 쓰러뜨린
가게 옆
빈 종이상자 하나

폐지처럼 나뒹군다 속절없이 성근 머리칼 뽑혀나간다 빰을 맞는다 쭈글쭈글한 살갗 속 소녀가, 젖먹이 엄마가, 칠십여 개의 여름이, 맞는다, 빰을 감싸 쥘 새도 없이

비상활주로 부근
지구를 등진 채 버둥거리는
흐린 눈동자 속
전투기 뜬다
유리창도 땅바닥도 부들부들 떤다

종묘를 나오면서

찬바람 거침없이 내달리는 세밑
긴 담벼락에 쪼르르 기대앉은 비둘기들
사각의 판 위에서 말을 옮긴다, 구구거리며 참견을 한다
역대 제왕과 왕후들의 신주가 고요한 오후 네 시
그래도 기댈 건 왕조의 유적
잔술과 개피 담배의 위로를 받으며

고궁과 왕가의 사당을 둘러보느라 발이 부르튼 나는
종묘 비둘기의 연고를 택시기사에게서 듣는다
—행세깨나 했던 이들은 낙원상가 부근 대한노인회에, 그럭저럭 먹고 살 만했던 이들은 탑골 공원에 모이지요. 근근이 살던 이들은 종묘 담벼락에 있고요.

늘어진 테이프 같은 목소리
허옇게 센 뒤통수
운전대를 잡은 손이 사뭇 떨린다
지금 연세가 어떻게 되세요?

83세지요, 개인택시는 정년이 없어요

탑골 공원을 거쳐 광화문 사거리를 지난다
한번 왕은 영원한 왕
한번 유족은 영원한 유족
해고근로자는 해고근로자일 뿐
변치 않는 신분제의 유습이 곳곳에

고궁에는 일본과 중국 관광객들이 넘쳐나는데
문안 사람들의 안부를 묻고 싶은
사대문 안

잔치 갔다 오는 세 노인

지하철 노약자석에 나란히 앉아서
노인 셋이 졸고 있다
숨결과 옷에서
음식 섞인 술 냄새 피어오른다
잔치를 소화해 내기조차 버거운 그들
커다란 먹이를 삼킨 뱀처럼
깊은 잠을 자는 중이다

그들은 이미 너무 많은 것을 삼켜왔다
혀에 감기면서도
맵고 짜고 질긴 시간들
몇 번의 잔치를 거친 끝에
어깨는 늘어지고
머리카락은 세었다

힘을 잃은 팔들이 서로 기대어 있다
역을 지나칠 때마다 잠깐씩 환해지는 바깥

콘크리트가 무너졌는지, 불길이 치솟았는지
아랑곳없이
이미 끝난 잔치가 아쉽고 허전한지
입맛을 다신다, 잠꼬대를 한다
유쾌한 입 주변의 주름들

덜컹거리며
지하철이 다음 잔치를 향해 달려간다

웃음에 관해서라면

장례식장에 차를 대고 실어낸다
방금 전까지 김 씨의 빈소에 놓여 있던 화환

싱싱한 웃음을 잃지 않고 있는 김 씨 옆에서
그보다 더 싱싱한 웃음을 짓고 있던 것
절정인 적이 없었던 삶이 꽃과 더불어
가장 빛났던 것인데

김 씨의 체취를 아직 지우기 전
포장이 둘러친 용달차에 차곡차곡 올라탄다
일용직 인부들처럼 묵묵히

풀죽은 몇이 교체되고 나면
또 다른 김 씨의 미소 옆에서
그보다 더 환한 웃음을 지을 것

발목 없는 생

누가 더 오래 버티다
목을 꺾는지 두고 볼 일

관절 무른 화환들을 태우고
쌩하니 용달차가 달려간다

서쪽으로 난 창

하루가 저문다
나는 노을전시관의 마지막 관객
문 닫기 전의 나른한 평화들, 계시들

사물의 빛깔은 지평선으로 수렴되고
몽상은 알뿌리처럼 어둠 속에서 자양분을 얻으며
밤의 고독을 준비하겠지만

다정함과 빛과 노래의 허기
길들이 몰려온다
히말라야의 크고 작은 봉우리들
육중하게 가라앉는 이집트 유적
지중해의 고요함과 대서양의 거친 파도……

바람을 먹는 노숙의 나날
고비사막을 터덜터덜 걸어가며
까맣게 불타오르는 내 실루엣

장렬하게 끝까지 멀어져가다
지평선에서 자취를 감춘 존재들의 잔광

지구를 몇 바퀴 돌아왔는지 모를
오래된 먼지처럼
나는 살며시 손을 얹는다
빛의 아우라가 사라진
물체들에게로

일곱기둥철강

스물일곱 그가 사라졌다
온갖 이질적인 것들을 녹여내던 용광로
죽음조차 흔적 없다

금속성의 찬 빛을 뿜으며 놓여 있는 숟가락
쇳물에 빠져 녹아버린 청년의 얼굴이 어른거린다

별들도 고단해 창백하게 깜박거리던 출퇴근
한적한 곳에서의 흥얼거림은
못이 되고 숟가락이 되어
집으로 회사로 음식점으로 팔려가고

가슴에 품었던 길은
가로등이 되고 자동차가 되어
거리에서 항구에서 빛을 발하겠다

금가고 찌그러진 시간

붉은 눈물, 푸른 눈물 철철 흘리며
다시 용광로로 돌아올까

다 쓸어 넣어
달구고 두드리고 벼리는 나날

환멸을 제련해서 간절한 기대로
고장 난 시계들은 압착하고 용접해서 강철무릎으로
과열된 체온은 바람으로 단련하는
일곱기둥철강 주식회사

식탁 위, 메이드 인 코리아 선명한데
눈송이 스러지듯
흐려지는 얼굴

실크로드의 이륙

사내가 팽이를 돌리고 있다
중국팽이는 크다, 팽이채는 말 몰듯
딱! 딱! 화들짝 놀란 팽이는 맹렬하게 돌고

여름의 성벽들은 검게 달구어져
감기지 않는 눈동자를 가진 것처럼 비석은 증거하고
바퀴와 발굽의 휴식 사이에서

팽이는 돈다
호기심 어린 시선과 움직임과 길을 감아 들이며

누르스름한 바위에 갇혀서
막 떠나려는 서역 상인들
언제 누가 처음 나섰는지 모를
이 길의 시작은
서울, 하노이, 리스본, 도요와 차밭, 전쟁터

결코 비단처럼 매끄럽지 않은 길을
재촉이라도 하듯이 딱! 딱!
소용돌이가 되어 호전적으로
온갖 길을 감아 들이려는 팽이

실크로드, 입 안에서 미끄러지는
실크로드, 영원히 떠나려고만 할
실크로드, 요람에서 무덤까지 건설 중인

끝없이 떠나려는 행렬로
지구는 맹렬하다

초록별을 등지고 우리는 점프!

졸라

차 타고 졸라 헤맸더니
졸라 짜증 나
그리고 졸라 너도 맘에 안 들어

그 애의 입에서 졸라들이 연방 튀어나와
버스 안을 휘젓고 다니는 동안
창밖에선 비가 내린다
나는 어머니를 졸라 시장에서 샀던
신발의 행적을 잠깐 생각해보다가
비 오면 늘 축축하던 발을 떠올린다

발들은 몰려가고 몰려오고
부르튼 발과 기형적으로 굽은 발과
쫓기는 발과 쫓는 발과
그 발들의 흔적으로 가득 덮인 길을

나는 또 파리의 길을 걸어가는 에밀 졸라를

그의 투쟁과 일상을 생각한다
졸라의 정의는 어디로부터 오는가
그가 누볐을 골목과 대로, 그 도시의 시궁창과 항수
말이 죽고 마차가 부서졌을 때
끝내 제 길을 간 그의 용기를

함부로 따라온 졸라가 귀를 다시 두드리고
저희끼리 깔깔거리며 애들은 거리를 몰려다닌다
졸라의 자유와 평등이 이끄는 대로
빗속을 달려가는 것이다

저수지의 방식으로

가방 든 자, 발 벗은 자, 쇠를 지닌 자, 누구라도 받아들인
다
물이 만든 통로로
구름과 산과 새떼가 드나든다

끊임없이 조리질을 한다
충분히 무거운 것은 밑바닥에 가라앉히고
가벼운 시간을 보낸 것은 띄워 올린다
자신을 흔들어 대며 부력을 만들어낸다

상처 입은 짐승이 혓바닥으로 그러는 것처럼
손을 잠그면 끊임없이 핥고 어루만진다
마치 제 상처인 것처럼
제 일부인 것처럼

다림질한 수면 껴입고 돌아오는 길
중심을 흔들면서 타박타박

새가 머금은 한 모금의 물처럼
어디든 스며드는 방식으로

속의 이물감(異物感)에 부대낄 때
스스로 세상의 이물처럼 느껴질 때
저수지를 만나러 간다

물 한 모금

산해관 부근 해변 도로에
간밤 내린 비가 고여 있다
참새 한 마리, 물 머금어 하늘 보고
또 물 머금어 하늘 보고

오른쪽 멀리 만리장성이 바다로 들어가고 있다
노룡두, 용은 목이 마른 걸까
발해만 바닷물 다 들이마시고 싶은 듯

언 압록강 말 달려 산해관 잠긴 문을 한 손으로 미는 기세로
발해만 바닷물 다 들이켜겠다는 호기로운 이도 있었지만

참새 웅덩이는 곧 사라질 것이다
웅덩이 속 하늘과 구름 사라지면
고요한 눈 하나 지상에서 없어지는 것

숱한 말발굽과 깃발은 스러지고
낡은 현판이 제자리를 굳건히 지키는데
천하제일 치켜든 머리는
온 바다를 들이켜도 목마르다 하겠는데

참새와 용머리 사이에
바다로부터 새벽바람은 불어오고
나는 우두커니 서
참새의 갈증을 지켜보고 있다
용의 뒤척임을 듣는다

옛길 위에서

흩날리는 것들이 좋다
나뭇잎, 꽃잎, 눈

오늘은 그대 반백의 머리칼이 흩날리는 것을 보았다
바람이 흘러가는 대로 수초처럼 너울거렸다
그 위로 흰 구름이 꼬리를 끌며 같은 방향으로 흘렀다

이렇게 천 년을
흩날리거나
흐르거나

다시 천 년 뒤에
우리는

땅속을 치달리다 솟구쳐 오른 검은 산
계곡을 울리는 돌돌 물소리
눈 위에 옹송그린 발자국

황톳길

소 발자국마다 물이 고여
그득그득 담긴 올챙이들

발자국을 떠가야 하나

햇볕은 쨍쨍
머리들은 여물 생각을 앓는데

뚜
　　벅
뚜
　　　벅

발자국은 어디로 향하나

빗소리

네가 태어났을 때 들려온 것은 빗소리
봄가뭄 끝에 장미의 발부리가 젖어들던

껍질을 갓 깨고 나온 새처럼
우리의 몸은 젖어 있었다
내 입은 갈증으로 움직거렸고
너 역시 부리 같은 입술을 옴싹거렸지

어미의 몸을 내가 만들어가는 동안
네 귀와 눈은 더욱 밝아져갔고

고막을 두드리던
빗소리를 닮아가는 울음소리는
우렁차기도 서럽기도 했다
초목이 제빛을 얻어가는 것처럼 너는 씩씩하여 갔다
태고부터 전해온 생명력으로

지금 빗소리 자욱하고
네가 태어나던 그때처럼
우리는 함께 누워 있다

네 아이가 태어날 날에도 빗소리 밀려들겠지
싱그러운 비린내를 풍기며 둘은 젖어 있을 테고

손끝이나 발부리가 무디어질 때
팍팍한 대기가 숨 막힐 때
너를 적셔줄 빗소리
모든 것을 태울 듯 덮쳐드는 화염을 끌 수 있는 빗소리

눈산

산들이 태어나는 순간을 볼 수 있을까?
가령 눈산이 있다고 치자
도시 한복판에 만년설의 눈산이 있어
석양 무렵이면 어디서나 흰분홍으로 빛나는 눈산이 보인다고 치자

종일 어두워진 몸과 마음을 일으켜 문득 고개를 돌렸을 때 신기루처럼 허공에 우뚝 솟아 있는 흰 빛이 삼투하듯 몸 안에 들어와 앉고

눈산에는 익살맞은 곰이 있어 산림감시 초소의 냉장고에서 캔맥주를 꺼내 단숨에 들이켜고, 또 꺼내 단숨에 들이켜, 마침내 비틀비틀 눈 위에 발자국을 끌며 사라지면 뒤늦게 산림감시꾼이 그 뒤를 쫓다가 공범인 듯 발자국을 덮는 눈보라에 쫓겨 초소로 되돌아오고

깊은 골짜기에 조난당한 이가 외투, 바지, 양말, 속옷 등

을 차례로 벗어 태워버리고 잠시 주저하다가 마침내 지폐를 한 장씩 태울 때 그 어느 불꽃보다 환하고 강렬한 불꽃이 타올랐다 스러지고 또 스러져, 기진맥진 정신을 잃을 찰나 구조된 후 지폐만큼 잘 타는 게 없더라는 인터뷰 기사가 실린 아침, 그걸 읽은 사람들이 파안대소하는

길 잃은 사슴 한 마리가 도로를 횡단하는 동안 차량들이 멈춰 서 길게 기다리고 귀가 쫑긋한 사슴은 그 초롱한 눈망울로 운전자들의 눈을 들여다보며 감사의 인사를 했다는 이야기가 저녁 밥상에 일상으로 오르내리다가

그 도시에서 태어난 아이들이 어딘가로 떠나갈 때 작별 인사는 가슴 속에 눈산을 그득 채우는 것 죽을 때까지 내려놓지 않을 만년설의 산 하나 품고 가는 것

그런 산이 우리에게 태어나는 순간을 볼 수 있을까?

누군가의 맑은 숨소리가 새소리로 꽃으로 안개로 늘 피어오르는

해설

따뜻한 가면(假面) - 너의 아트만(Atman)을 위하여

우대식 (시인)

1

그동안 박설희 시인의 시를 읽으면서 개인적으로 느낀 점은 이 시인은 스스로 형상화시킬 수 없는 것은 쓰지 않는구나 하는 것이었다. 시를 쓰는 각각의 개성들이 있을 줄 아나 적어도 본인이 그릴 수 없는 것은 그리지 않겠다는 완강한 태도를 박설희 시인의 시적 태도라고 보아도 무리는 아니라고 생각한다. 그것은 박설희 시인이 시 창작에서 무수한 실패를 거듭하고 있다는 말에 다름이 아니다. 특히 현실과 환상의 중간 지점에 놓인 시적 오브제를 다룰 때 아마도 다양한 실패를 경험했으리라는 추측이 가능하다. 이러한 시적 태도는 필연적으로 세계를 바라보는 시선과 깊은 연관을 맺고 있을 터이다. 박설희 시인을 긴 시간 드문드문 대면하다가 최근 문학 단체와 관련된 일로 몇 년을 자주 보게 되면서 내 인금 나름이 그리 틀리지 않았다고 여기게 되었다. 인간에 대한 깊은 예의와 선의가 내면화된 시인이었다. 여성, 어머니로 이어지는 넉넉함을 품고 있으면서도 그러한 평화를 깨트리는 기제에는 엄중하게 맞서는 당당함을 함께 지니고 있었다. 첫 번째 시집 『쪽문으로 드나드는 구름』의 추천사에서 최두석 시인이 지적했듯이 박설희 시인은 "세속의 누추한 풍경" 속에서 이 세계의 진경을 발견하고 그린다. 자신을 포함한 살아가는 모든 것에 대한 뿌리 깊은 연민을 박설희 시인의 시에서 마주하게 될 때 최두석 시인의 지적에 고개를 끄덕이게 된다. 그것은 박설희 시인의 시적 장(場)이 쇼윈도의 진열장이 아니라 여항의 시장이며 동시에 들판이라는 것과 같은 맥락에 서 있다. 두 번째 시집을 읽으면서 그러한 세계관은 여전히 관철되고 있다는 느낌을 받았다. 그러나 사물과 인간에 대한 시선은 전에 비해 좀 더 미시적이 되었으며, 사물을 보는 자신의 망원렌즈가 거꾸로 자신을 비추는 경우가 종종 드러나고 있다는 점에서는 자기분열의 양상을 보여주기도 한다. 그러나 이 자기분열의 양상이 모더니스트의 심리적 분열이라기보다는 선험에 가까운 도덕적 명언에 입각해 있다는 점에서 주의 깊게 살펴볼 필요가 있었다.

2

박설희 시인의 시 기저에 놓인 물음은 나는 무엇인가 혹은 나는 진짜인가 가짜인가 하는 것이다. 아트만(Atman), 진면목으로서의 자아에 대한 탐구가 예술의 한 기원을 이룬다는 사실은 별다른 설명이 필요 없을 터이다. 예술이 종교와 친연적 성격을 띠고 있는 이유도 아마 이 지점

일 것이다. 시인 자신이 의식했든 안 했든 간에 시 곳곳에 아트만에 대한 갈구가 깔려 있다는 것은 현상으로서의 이 세계에 대한 믿음이 충분하지 않은 까닭이다. 더 중요한 것은 현존하는 자아에 대해 끊임없이 회의한다는 사실이다. 이것은 결과적으로 자아를 포함한 세계 전체를 회의하게 하는 동인이 된다.

이사를 하려고 짐을 정리하다 보니 마루 밑에 자루, 그 속에 팔들이 가득, 손이 달린 팔들이 우르르 쏟아져 나와, 누군가 맡겨놨는데 언제 맡겼는지 내가 무슨 짓을 한 건지 무슨 짓을 했던 팔들인지, 이사를 해야 하는데 팔들이 한 자루

죽은 자와 마주쳐 간신히 벗어났다 싶으니 또 다른 주검과 마주치고 산 사람보다는 죽은 자와 더 많이 마주쳐, 이제 그만 죽은 자들은 신물이 난다고 체머리 흔드는데 흰 상여가 거리 저쪽에서 다가오고

생전 처음 보는 집을 내 집이라고 들어가 차 마시고 이야기 나누고 다시 나와 거닐다 보면 바닷가, 파도 넘실거리다가 기어코 해일이 덮치는 그 마을 수천 번도 넘게 해일이 덮쳤는데

어느 날 문득 낯선 들판에 홀로 서서는 이름도 기억도 잊어버리고 기억이 없다는 것만 기억나, 드디어 다 벗어버렸다고 뿌듯해하다가 다음 순간 버스며 사람들 혼잡한 거리를 다시 헤매는

수없이 재생되는 친숙하게 낯선 거기,

매번 돌아오고야 기억나는 거기의 나는 누구인가

심연처럼 들여다보고 있는 눈,을

빤히 마주 보고 있는 나는

—「완강한 텍스트」 전문

견고한 성채와 같은 이 세계를 시적화자는 '완강한 텍스트'라고 규정하고 있다. 이 텍스트는 개별적 자아를 구속하고 규정하며, 각성하려는 자아를 조롱하고 무화시킨다. 각성하려는 자아에게 이 세계는 혼돈일 뿐이다. '수없이 재생되는' 세계를 인지하고 그곳으로부터 벗어나고자 할 때 시적화자가 할 수 있는 일은 자신을 들여다보는 일이다. '나는 누구인가'라는 물음은 이러한 일상의 페르소나를 생경하게 바라보는 지점에서 비롯된다. '어느 날 문득 낯선 들판에 홀로 서' 있는 화자의 자기 발견은 박설희 시인의 시가 자기를 찾아가는 여행의 성격을 띠고 있음을 의미한다. 「낯선 시간 속에서」는 자신의 집 지명인 영통(靈通)을 소재로 하여 비극적인 세계 인식을 드러내고 있다. '꿈의 유효기간을 생각하며 / 영통으로 가는 버스를 기다린다 / 지워진 하체에서 가끔씩 발 끄는 소리가 들리고 / 밤새 / 점멸등 불빛만 깜박깜박'(「낯선 시간 속에서」 부분). '지워진 하체'라고 하는 그로테스크한 이미지는 육체성의 무화를 의미하며 그것은 영통이라고 하는 영성 가득한 지명과 대조를 이루고 있음은 분명하다. 이는 「완강한 텍스트」 첫 연의 '이사를 하려고 짐을 정리하다 보니 마루 밑에 자루, 그 속에 팔들이 가득, 손이 달린 팔들이 우르르 쏟아져 나와'와 같은 괴기스러운 육체 이미지와도 그대로 상통하는 것이다. 영통의 집으로 가는 길은 위태롭다. 밤새 깜박이는 점멸등은 시적화자의 여정이 늘 혼란을 거듭하고 있다는 것을 의미한다. 동시에 그의 여정이 그가 자주 쓰는 관형어처럼 '낯선' 곳으로의 방황이라는 것을 암시하고 있다. 낯선 여행자의 아트만을 향한 욕망은 "나는 나인가"라는 반성을 낳는다. 불교적 수행을 떠올리게 하는 이 질문은 이 시집의 화두에 해당한다.

진짜보다 더 진짜 같은
사랑을 하다가
순간 폭발이 일어나
진짜보다 더 진짜 같은
애인들이 기화해 버린다면

진짜가 되는 거겠지
사랑의 순교자가 되는 거겠지

—「유사시」 부분

유사(類似)한 것이 진짜를 능가하는 현실을 보면서 화자는 '진짜보다 더 진짜' 같은 가짜에 대해 명상한다. 장자의 꿈 이야기처럼 무엇이 진짜이고 무엇이 가짜인지 혼돈을 일으키고 있다. 혼돈이라기보다는 대승적 차원에서 진짜와 가짜의 차이가 무엇인지 되묻고 있는 것이다. 어쩌면 그 모든 것의 기원이 혹 동일한 뿌리를 가진 것은 아닌가 하는 물음이 바탕에 깔려 있다. 이러한 혼돈스러운 세계 속에서도 진정한 자아를 찾아가는 시인의 열정은 집요하다.

평생을 바늘로 기워온 그녀

손에 잡히는 것을 습관적으로 깁는다
내 가슴은 꿰맨 자국투성이
물길을 찾지 못한 채 금세 시들어 버린다

그녀가 손에 핑킹가위를 집어 든다
지그재그로 이어지는 단면들의 연속
풀어지거나 해어진 실밥을 정리하는
견고한 장식성
씨실과 날실의 교차점에서
아이들이 맺히고

레이스 장식에 단추들이 정렬해 있다
나는 가슴이 답답해진다
아가, 체했냐 엄지손가락 따주랴?
손끝이 아니라 가슴이에요
가슴이 아니라 머리에요

늘어진 시접을 정리한 후
이리저리 훑어본다 설레설레 머리를 흔든다
꾹꾹 힘을 주어 다리미질을 한다
이 주름은 왜 이리 안 펴져?
그녀는 더욱더 힘을 준다
열판이 지나가는 대로 눌린 내가 조용하다

옷은 반듯해야지

그녀는 나를 옷걸이에 걸어 장롱 속에 보관한다

장롱 안이 빽빽하다

—「태양섬유 완성반 검사」 전문

자아의 기원에 대한 치열한 인식을 보여주는 이 시에서 가장 궁금한 것은 '그녀'의 실체이다. 그녀는 내 가슴을 꿰매고 아픈 나를 돌본다. 어찌 보면 어머니 같기도 하지만 자세히 들여다보면 시적화자의 삶을 조율하는 신과 같은 존재가 '그녀'이다. '그녀'의 다리미질에 따라 반듯해지는 시적화자는 장롱 안에 걸린다. 장롱 안에 걸린 시적화자는 빽빽하다. 그것은 늘 같은 행위가 반복되어 왔음을 뜻하는 것이다. 시 속에서 시적화자는 옷이다. 옷으로 알레고리화 된 시적화자의 삶은 재단사에 의해 타율적으로 구조된 세계를 살아갈 뿐이다. 이러한 세계 인식은 앞에서 언급했듯이 진짜와 가짜에 대한 고뇌를 불러일으키고 자의식을 흔들어 아트만에 이르는 길에 대해 고민하게 한다. 누군가에 의해 구조된 세계를 살아갈 수밖에 없는 시적 화자는 반대급부로 아트만에 대한 열렬한 욕망을 지니게 된다. '열판이 지나가는 대로 눌린 내가 조용하다'는 시구는 자신에 대한 성찰에서 비롯되었지만 일정 정도의 자조를 포함하고 있는 것도 사실이다. '장롱 안이 빽빽하'게 걸린 자아는 '아무리 규정해도 여전히 넘치는 나'(「나야」 부분)와 상통한다. 그것 역시도 '한 발 늦게 빈집에 배달된, 그게 나야 / 버려진 화분 속 곰팡이, 그게 나야 / 욕망과 허기로 포장된 우울, 그게 나야'(「나야」 부분) 같은 부정적 자조로 비추어 진다. 자조와 자기 경멸은 어쩌면 아트만을 향한 욕망과 정확히 비례하는 것인지도 모른다.

모래성을 쌓자
성이라는 말이 무색하게
한 방의 파도로 모든 게 허물어져도

모래얼굴을 만들자
그가 들여다볼 모래꽃
노래 부를 악보까지
눈코입 지워져도 그뿐
물에 젖은 적막만 남는

무너뜨리는 자도
쌓는 자도

놀이니까
죽을 때까지 하는 놀이니까

—「모래성」 전문

아름다운 이 한 편의 시는 세계에 대한 시인의 태도가 명백하게 드러나 있다. 어떠한 허무와 적막마저도 받아들이겠다는 태도가 그것이다. 끊임없는 반복적 행위에서 삶에 대한 집념을 읽게 된다. 모르는 세계에 대해 자아가 운명을 건 대결을 벌이는 일은 비극성을 내포하고 있다. 그런데도 그러한 대결 행위를 유희적 놀이로 전이한다는 것은 의미심장하다. 행위나 인식의 반복적 노동이 유희로 전이된다는 것은 주술성을 내포하기 때문이다. '무너뜨리는 자'가 신이든 운명이든 '눈코입 지워져도' 맞서겠다는 유희적 놀이는 박설희 시인이 세계를 대하는 방법론이다. '죽을 때까지'는 영원이라는 말과 통한다. 이 대결의 과정이 그에게는 삶이고 시가 될 것이다. 또한, 그 대결이라는 체를 통해 걸러진 자아가 그가 끝내 추구하는 아트만 곧 참된 자아의 형상일 것이다.

3

박설희 시인의 시에서 눈에 띄는 다른 요소는 사라지고 소멸하는 것들에 대한 살뜰한 연민이다. 이는 박설희 시인의 시가 처음부터 견지한 세계인식의 한 특징이다. 최두석 시인이 앞에 말한 '누추한 풍경'을 핍진하게 그린다는 박설희 시인에 대한 평가도 바로 이 부분을 염두에 두고 한 말이다. 오후 네 시는 박설희 시인이 생각하는 소멸의 정점이다. 이제 노을 앞에 서게 될, 하여 이 세상으로부터 절연될 시간이 오후 네 시이다.

뒷다리를 끌며 걷던 흰 개가
웅크리고 앉아
아픈 제 발을 오래 핥고 간다

그것을 지켜보는
어린 물푸레나무도
날렵한 곤줄박이도

곰곰 생각하는 길

흔들리는 이파리
뾰족한 발끝

갸우뚱한 해가 매달아준 긴 그림자 끌고

어
디
로

—「오후 네 시」 전문

지순한 연민의 시선으로 대상을 그리고 있는 이 한 편의 시야말로 박설희 시인의 시세계 전반을 설명할 수 있는 좋은 예가 된다. 상처받은 실존에 대한 끈끈한 시선은 도대체 이 세계는 무엇이냐는 물음을 천천히 집요하게 묻고 있는 것이기 때문이다. 실존의 위기에 다다른 '개'를 바라보는 '어린 물푸레나무'나 '날렵한 곤줄박이'의 생각이 아무리 '곰곰' 하더라도 '개'의 실존을 이해할 수는 없다. 그것은 서로가 위치한 시간의 영역이 다르기 때문이다. '갸우뚱한 해' 즉 네 시에 도달한 개의 긴 그림자가 어디로 가는가 하는 문제는 현실 너머 초월적인 문제를 포함하고 있다. 마지막 연은 그러한 인식을 잘 보여준다. 다른 시에서도 이같은 인식은 곧잘 나타난다. '긴 담벼락에 쪼르르 기대앉은 비둘기들 / 사각의 판 위에서 말을 옮긴다, 구구거리며 참견을 한다 / 역대 제왕과 왕후들의 신주가 고요한 오후 네 시 / 그래도 기댈 건 왕조의 유적 / 잔술과 개피 담배의 위로를'(「종묘를 나오면서」 부분). 담벼락에 기댄 비둘기는 위 시의 상처 받은 흰 개와 등가의 대상이다. 오후 네 시를 견디는 존재들이다. 다른 말로 하면 소멸의 운명을 스스로 바라보고 있는 존재들이다. 이 존재들이 사람으로 치환되었을 때는 할아버지나 할머니 혹은 아버지라고 하는 존재들이다.

그들은 이미 너무 많은 것을 삼켜왔다
혀에 감기면서도
맵고 짜고 질긴 시간들
몇 번의 잔치를 거친 끝에
어깨는 늘어지고
머리카락은 세었다

—「잔치 갔다 오는 세 노인」 부분

이미 너무 많은 것들을 삼키고 너무 많은 잔치에 참여한 세 노인은 '다음 잔치를 향해 달려'(「잔치 갔다 오는 세 노인」 부분)가는 중이다. 그런 의미에서 잔치란 죽음으로 가는 시간의 흐름을 뜻한다. 오후 네 시가 넘은 시간은 급격히 빨라진다. 그것은 어둠이 동반되기 때문이다. 그러나 박설희 시인의 연민이 단순히 시간의 경과와 그에 따른 소멸에 대한 연민이 아니라 소외의 개념과 관련이 깊다. 「탑동의 황혼」, 「종묘를 나오면서」, 「잔치 갔다 오는 세 노인」 등 여항의 누추한 삶과 관련되어 있다. 박설희 시인의 많은 시편이 중심으로부터 멀어진 것들을 보듬어 안으려는 몸짓을 보여주는 것도 역시 같은 맥락에서 볼 수 있다. 햇빛 쨍쨍

한 하늘 아래 소 발자국에 고인 물 속 올챙이를 바라보는 안타까움(「황톳길」)도 같은 맥락에서 볼 수 있다. 그러나 그러한 연민도 시선이 타인에게서 자신에게 돌아올 때는 냉정하기 그지없다. 그것은 생래적인 윤리감각에 그 줄을 대고 있을 것이다. 이 시집 가운데 가장 뛰어난 시편 가운데 하나인 아래의 시는 저문 시간 속에 서 있는 자신을 세계의 한가운데 그대로 놓아둔다. '장렬하게 끝까지 멀어져가다 / 지평선에서 자취를 감춘 존재들의 잔광'이 자신의 길이라고 조용히 선언하고 있는 것이다. 소멸과 소외와 연민 그리고 노숙의 나날을 견디며 고비사막을 걸어가는 자신에 대한 다독임 속에 박설희 시인의 따뜻한 시편들이 솟아오른다.

하루가 저문다
나는 노을전시관의 마지막 관객
문 닫기 전의 나른한 평화들, 계시들

사물의 빛깔은 지평선으로 수렴되고
몽상은 알뿌리처럼 어둠 속에서 자양분을 얻으며
밤의 고독을 준비하겠지만

다정함과 빛과 노래의 허기
길들이 몰려온다
히말라야의 크고 작은 봉우리들
육중하게 가라앉는 이집트 유적
지중해의 고요함과 대서양의 거친 파도……

바람을 먹는 노숙의 나날
고비사막을 터덜터덜 걸어가며
까맣게 불타오르는 내 실루엣

장렬하게 끝까지 멀어져가다
지평선에서 자취를 감춘 존재들의 잔광

지구를 몇 바퀴 돌아왔는지 모를
오래된 먼지처럼
나는 살며시 손을 얹는다
빛의 아우라가 사라진
물체들에게로

—「서쪽으로 난 창」 전문

4

박설희 시인의 두 번째 시집을 살펴보았다. 아트만을 찾아가는 여정과 연민이라는 두 시선을 통해 시 대체를 훑어보았다. 개인적인 친분과 내력이 더 깊었다면 글도 풍성해지지 않았을까 하는 생각도 든다. 드문드문 만나왔지만 돌이켜 생각하니 박설희 시인은 문학 행사이든 사회적으로 민감한 이슈이든 간에 늘 어려운 쪽에 서 있었다는 기억이 새삼스럽다. 그렇다고 자신을 표나게 내세우는 성격이 아닌 탓에 자신의 입장을 구구절절 설명하는 경우를 본 적도 없다. 그것은 자신의 양심에 따라 절제한 삶의 한 방식이었다는 생각이다. 늘 궂은일을 도맡아 하면서도 인상 한 번 찌그리지 않는 사람이다. 약삭빠른 것이 흉이 아니라 오히려 대놓고 자랑할 만한 일이 되어 버린 오늘날에 보기 드문 사람이기도 하다. 그러한 윤리감각과 아트만을 찾아가는 치열한 고투가 이 시집에 고스란히 배어 있다. 한 가지 바람이 있다면 여러 시편에서 이미 그 기운을 느낄 수 있지만 내파의 균열이 육성으로 터졌으면 하는 것이다. 그러나 이것도 시를 잘못 읽은 내 개인의 쓸데없는 허망인지도 모르겠다.

시인의 말

시인의 말

세상에 익숙해지면서 내가 버린 건 발뒤꿈치를 들고 걷는 것.

당연했던 게 당연하지 않게 되었을 때 시가 피어올랐다.

현실은 늘 상상력을 앞질렀고

어둠과 적막 사이에서 온몸이 시었다.

걷고 또 걸었다.

한라, 태백의 등줄기, 백두, 요동벌, 만주, 열하

숱한 발걸음을 모아

팔 년 만에 두 번째 시집을 묶는다.

묵묵히 동행해준 분들께 감사드린다.

박설희

실천시선 249
꽃은 바퀴다

2017년 1월 24일 1판 1쇄 찍음
2017년 7월 28일 1판 2쇄 펴냄

지은이 박설희
펴낸이 정소성
편집 이연희
디자인 윤려하
관리 · 영업 이승순, 유지혜

펴낸곳 (주)실천문학
등록 10-1221호(1995.10.26)
주소 서울특별시 성북구 보문로 82-3, 801호(보문동 4가, 통광빌딩)
전화 322-2161~5
팩스 322-2166
홈페이지 www.silcheon.com

ISBN 978-89-392-2249-6 03810

이 책은 2015년도 서울문화재단 문학창작집발간지원을 받았습니다.

이 도서는 국립중앙도서관 출판시도서목록(CIP)은
e-CIP홈페이지(http://www.nl.go.kr/ecip)와
국가자료공동목록시스템(http://www.nl.go.kr/
kolisnet)에서 이용하실 수 있습니다.
(CIP제어번호:CIP2016029117)